شبابيك
شنكالية

شَبابيْك
شِنكاليّة

شبابيك شنكالية

مراد سليمان علو

الطبعة الأولى: 2026

الناشر: الخيّاط

جميع الحقوق محفوظة للناشر والمؤلف

إخلاء مسؤولية

إن جميع الآراء والأفكار والتحليلات والمضامين الواردة في هذا العمل تعبّر عن وجهة نظر المؤلف حصراً، ولا تعبّر بالضرورة عن موقف دار الخيّاط أو تبنّيها لأي منها. في الأعمال الروائية والخيالية، فإن جميع الشخصيات والأحداث إما من وحي الخيال أو جرى توظيفها لأغراض أدبية بحتة، وأي تشابه مع أشخاص أو وقائع حقيقية هو من قبيل المصادفة البحتة. وفي الأعمال البحثية أو غير الخيالية، تبذل الدار والمؤلف جهدهما للتأكد من دقة المعلومات عند النشر، إلا أن الدار لا تقدّم أي ضمانات صريحة أو ضمنية بشأن اكتمال هذه المعلومات أو خلوّها من الأخطاء، ولا تتحمل أي مسؤولية عن أي ضرر أو خسارة قد تنشأ عن استخدام القارئ للمحتوى خارج سياقه المقصود. تحتفظ دار الخيّاط بحقها في رفض أو سحب أي إصدار يتبيّن لاحقاً مخالفته للقوانين أو انتهاكه لحقوق الغير، دون أن يعد ذلك تبنّياً أو مصادقة على الأفكار أو المواقف الواردة فيه.

ISBN: 978-1-96142-052-6

First published in 2026
Copyright © Murad Alo

Washington, DC
United States
+17712221001
info@khayatpublishing.com
www.khayapublishing.com

شَبابيْك شِنكاليّة

شـعر

مراد سليمان علو

بأمرِ إيرا يُحلِّقُ طائرُ الزُّو ثانيةً على وطني

جَفَّتِ العيونُ في آبَ،

والأطفالُ ماتوا عَطَشاً

لكنَّ الآلهةَ لا تزالُ تركعُ لنا،

نحنُ أحفادَ مردوخَ

ولجدّي الأسماءُ الخمسون،

سيَدُلُّنا أوتنابشتمُ الحكيمُ إلى ينبوعِ الحياةِ،

ويحرسُنا المُوشخُوشُو الأمين

وكلَّما أمرَ إيرا بفرمانٍ جديدٍ،

وحلَّقَ الزوُّ في سمائِنا،

تأتي كولا وتلمسُ جباهَنا

ننهضُ من جديدٍ ونُنشدُ لطاؤوسِ ملكٍ!

«ردتك... ولو شباك يملي حياتي تراب»

مظفر النواب

[1]

مِن أينَ لنا كلُّ هذا الحُبِّ؟

لِتحلَّ عليَّ حيرةٌ كِلكامشَ

ما أكثرَ السلالمَ،

ولكنَّنا لا نستطيعُ الصعودَ

دائماً تَعَوَّدْنا على النزولِ

والتلويحِ براياتِ النصرِ

دائماً معَ هزائمِنا تتوالدُ أفكارُنا النيِّرةُ!

[2]

يا صديقي،
تُطاردني لعنتُها مثلَ ظلّي
أحملُها إثماً وندماً،
ولوْ لا قامتُها وشوارعُ شنكالَ،
لما نزفَ قلمي
هيَ تعدُّ غمراتِ الشعيرِ جنّةً،
وأنتَ تحسبُني إلهاً،

[3]

كفريدريك نيتشه

كشاعر أكدي

كمحارب من شنكال

كألف سؤال

في لحظة صفاء

أذوب في حكمتك

وأتصالح مع بيوتك الطينية!

هذهِ البيوتُ الطينيّةُ تُعذِّبُنا.
تُذكِّرُنا بقبورِنا المنبوشةِ.
ذاكرتُنا مَثقوبةٌ كغِربالٍ.
تَعِبنا منَ الجَريِ وراءَ هذا الطِّينِ.
والنَّومِ مَعَ الطِّينِ.
وآبٌ عَقربَةٌ سمينةٌ.
تُشـاركُنا المنامَ في مَقابِرِنا الجَماعيّةِ!

[5]

يا حبيبتي..

إلى أيِّ وطنٍ غيرِكِ سأهاجر؟

وأيَّةَ عيونٍ عسـليةٍ ستحتويني غيرَ عيونِكِ؟

لا أريدُ السـيرَ في الأزقّةِ المُتربةِ.

أحبُّها واسعةً ومُبلطةً

كتلكَ التي كانت في بابلَ.

فما متعةُ النُزهةِ دونَ أن نرى

قِباباً مخروطيةً وبواباتٍ لازورديةً!

[6]

أنكيدو كان مشغولاً

يُصارعُ الوحشَ في غابةِ الأرزِ

تركهُ صديقُهُ كِلكامشَ لقدرهِ

وبدلاً عن الأنكوما أليشَ

عرّجَ كِلكامشُ المُحتالُ إلى شنكالَ

فقد قيلَ لهُ سرّاً

في بسـاتينِها تنمو عُشبةُ الخلودِ.

[7]

مردوخ هذا العاشق المسكين

يتجمّل بأوراق التبغ الذهبية

ويحلّي فمه الصغير بالتين

وأنا مثله تماماً

أركع عند قدميكِ

ويرتجف قلبي بمحبتكِ

يا عشتار!

[8]

من شبابيكِ الذّاكرةِ
أَطلُّ على الأسطورةِ
كِلكامشَ حزينٌ
رجعَ خاليَ الوفاضِ
دونَ عشبةٍ
دونَ صديقٍ
ودونَ ماءٍ!

[9]

لا تعرفون شـيئاً عن قريةٍ حزينةٍ

مدينةٍ محترقةٍ

حضارةٍ منسيّةٍ

صعلوكٍ لا يُحبُّ الكريسمس

شـاعرٍ يُطفئُ سجائرَهُ على صدرِ قصائدِهِ

أنتم لا تعرفون شيئاً

عن أيزيديٍّ خائفٍ!

[10]

تلك البُذورُ السِّحريةُ التي سَرَقتها جنيّاتُ النَّهرِ

سألتُ عنها كثيراً

قالت لي الرِّياحُ: أبحثْ عنها في جذوري

قالتِ الشَّمسُ: أستمتعْ أولاً بنوري

قال الطِّينُ: اسألْ غُروري

ثم همسَ الفُراتُ

سأدلُّكَ على العَطشِ إنْ حانَ دوري!

[11]

مِن ينابيعِ قلبِكِ
دماءُ شراييني
مِن ثمالةِ شفتيكِ
شِعرُ دواويني
ودونَ مدنِ العالمِ
وحدها شنكالُ
تُغويني!

[12]

أشربُ نخبَكِ في حانةِ الملوكِ
أشربُ نخبَ مدينةِ بورسيبا المنسيةِ
ونخبَ السناجقِ الذهبيةِ السبعةِ
هذا المساءُ خارتْ قوايَّ من رفعِ الأنخابِ
الرِّفقُ بالثورِ حبٌّ كبيرٌ
اللَّونُ الأزرقُ في عيوني
يُزاحِمُ الأبيضَ في روحِكِ!

[13]

ذَهَبْتُ إِلَى غَابَةِ الأَرْزِ

أَحْمِلُ كَفَنَ أَنْكِيدُو

وَبَعْدَ مَرَاسِيمِ الدَّفْنِ

رَجَعْتُ فَرِحاً

ضَاجَعْتُ مَحْظِيَّتَهُ

فَنَمَتْ لِي قُرُونٌ طَوِيلَةٌ

وَتَمَدَّنْتُ مِثْله!

[**14**]

الخُيُولُ النَّافِقَةُ تُشِيرُ إِلَى الكَارِثَةِ

السُّيُوفُ المُلَثَّمَةُ تُشِيرُ إِلَى الهَزِيمَةِ

المُدُنُ المُتَهَدِّمَةُ تُشِيرُ إِلَى الاِسْتِسْلَامِ

وَنَحْنُ أَبْنَاءُ الشَّمْسِ المَسَاكِينِ

لَا نَمْتَلِكُ الخُيُولَ وَلَا نَحْمِلُ السُّيُوفَ

نَحْنُ لَا جَيْشَ لَنَا

فَكَيْفَ إِذاً خَسِرْنَا المَعْرَكَةَ؟

[15]

يَا لِي مِنْ شَنْكَالِيٍّ بَلِيدٍ
طَوَالَ الوَقْتِ كُنْتُ أَتَحَدَّثُ عَنْ عَسَـلِكِ

عَسَـلِكِ الَّذِي يَلْمَعُ فِي عَيْنَيْكِ
الَّذِي يَسِيلُ مِنْ شَفَتَيْكِ
بَيْنَ نَهْدَيْكِ

عَسَـلِكِ الَّذِي يَنْبُعُ مِنْ فَرْجِكِ
ذَلِكَ الَّذِي لَمْ أَجْنِهِ يَوْماً!

[16]

أعـرف أنك تعتنين جيداً بالقادمين الجدد،

تمنحينهم لذة السكر في حاناتكِ،

متعة التسكع في شوارعكِ،

عذوبة الغناء في حدائقكِ،

وترافقين حجاجك في أروقة معابدكِ.

أعرف كم أنتِ طيبة القلب يا شـنكال،

فأنا الكاهن الذي أضاعكِ في زحمة العشـاق

أيام عيد أكيتو!

[17]

الظلال الكثيفة

تحول دون وصولي إلى

المكتبة الآشورية،

وذاكرة تلك الأيام.

وحدها الألواح الطينية تعرف:

حكاية الأفعى

وأسطورة الطوفان!

[18]

قبل خروجكِ، يا إنخيدوانا العزيزة،
دعيني أقبّل جبينكِ.
ضمّيني إلى صدركِ المذهّبْ.
سأكون لكِ، في معركتكِ الأخيرة:
شربة ماء،
كسرة خبز،
وحفنة تمر!

[19]

أخبئ قصائدي في بيادر القرى،

أخبئ قصائدي في غابات أشـجار التين،

أخبئ قصائدي في عيون الناجيات،

أخبئ قصائدي في القبور الجماعية،

أخبـئ قصائدي في جيوب معاطف المحاربين،

أخبئ قصائدي في حقول كفيكِ.

وأنتِ، كالشمس، لا يمكن إخفاؤكِ.

[20]

يـوم حريق بابل الكبير، نال مني التعب،

وتعطّلت الكلمات في فمي.

وكناجٍ حزين،

رحتُ أتأمل بقايا المعابد.

وفجأة،

هـوى البرج العظيم على منازل المدينة،

وكأنه يريد إنقاذها من الحريق!

[21]

رجفة أيادينا تنبئنا بحزن العيد

وخفقان قلوبنا يذكرنا ببعد الوطن

لو لم تحترق بابل

لما تجرأوا على قص جدائل سـنجار

رحلة السـواد في غيوم الخيانة لا نهائية

بدأت في بابل

وانتهت في سنجار!

[22]

تائه..

كيهودي في صحراء سيناء

ولكن ستنقضي سنواتي الأربعون

وقد يبان في الأفق جبل شنكال

القصيدة ما تزال في جيبي

واسمكِ فيها نجمة

والنجمة تشير إلى الوطن!

هاجر نيسان

تيتمت الزهور

لبست القرى السواد

وبدأ الخوف يغزو قلوبنا

خبأنا أنفسـنا في الجب مع يوسف

والآن، وقد فضحنا الذئب

سألوا مُهاجراً أيزيديّاً
كيف هو الوطنُ؟
كيف هي شنكالُ؟
نظر إلى جهةِ الشمسِ
وقال بوجهٍ حزينٍ:
الفضيلةُ غادرتْ وطني

[25]

قلبي معبدٌ مهجورٌ

صلاتي من أجلِ سلامتكَ

وكلماتي الممنوعةُ

منقولةٌ من لوحٍ طينيٍّ

أغزلُ خيوطَ خيمتي من ثوبي

إني أنا أخوكَ الغجريُّ الهائمُ

أمشــي مع الأنهرِ السكرانةِ وتختمر الأغاني

على أنغام خطواتي المترنحة!

[26]

كفانا ننتحبُ

على ماضٍ انتحرَ

وعلى حاضرٍ يحتضرُ

يا ذاتي الذاوية ِ

لنحزنْ بصمتٍ أنا وأنتَ

على وطنٍ تيتمَ

وعلى سـبيةٍ لن تعودَ للبيتِ الليلةَ!

[27]

لأجلِ نبوءةٍ

لا تتبعِ الغجرَ

لأجلِ مجنونٍ

لا تثقْ بالهلوسةِ

لأجلِ حبيبةٍ

لا تنظرْ رسمَ الشعراءِ

في غربتِكَ

[28]

لكي تكون لياليكَ سعيدةً
اجعلْ بيرتَكَ طافحةً بالرغوةِ
تعلّمْ الحراثةَ جيداً
وأعزفْ على قيثارتِكَ بشغفٍ
ألمسْ غمراتِ سنابلِ الصيفِ بحبّ
كما تلمس أصابعُ الكالُو النايَ
وكما تلمسُ فرج حبيبتك!

[29]

هذا الأيزيديُ الشنكالي حزينٌ

هذه بقايا مزارِه

وتلك أطلالُ منزلِه

في جذورِ الريحِ آهاتهُ

وتنـزفُ من ثقوبِ الذاكرةِ أيامُ مجدهِ

هذا الأيزيديُ يمسِّدُ شاربهُ الكثَّ

ويرفعُ طرفَ ثوبِه الأبيضِ

هذا الأيزيديُ يطوفُ في لالشَ منتشياً بالذكرى!

[30]

ها هنا ألواحُهُ المكسورةُ

ها هنا أختامُهُ المنسيةُ

ها هنا يختبئُ حفيدُ نابو

من عيونِ الأشرارِ

ينتظرُ فجرَهُ القريبَ

وبوعيٍ تامٍّ وحواسٍّ يقظةٍ

يتناولُ قلمَهُ ويكتبُ مغامرةَ الروحِ التاليةَ!

[31]

بتقدمةٍ من عشتارَ
صمدَتِ البوّابةُ اللازورديةُ
بتقدمةٍ من حبيبتي
لمَعَ العشقُ الأزرقُ في عينيَّ
وبعدَ فرارِنا دبَّ الكسلُ فينا
فقد قيلَ في الأمثالِ:
النذورُ تُعطِّلُ الأفعالَ!

[32]

يومَ الرحيل

شوارعُ القرى الخائفةِ

غطّتْها أرواحُنا البيضاءُ

والريحُ كانتْ حائرةً

لمْ تَبانِ الحقيقةُ أبداً

حقيقةُ شوارعِ قرى شنكالَ...

تلكَ المليئةِ بجثثِ الأهالي!

تصفعني أمواجُ الغربةِ

مرارتُها تعصرُ قلبي

وكأنني تجرّعتُ حصّةَ سقراطَ منَ السَّمِّ

ومهما سافرتُ إلى المنافي البعيدةِ

وأغمضتُ عيني...

وتوغّلتُ في مساماتِ السَّأمِ والضّجرِ

تفضحني أسماؤكِ التي ينادونني بها!

[34]

يا جار!
يوماً ما سنعودُ
سنرتّقُ معاً ثوبَ شنكالَ
ونُشعِلُ الفتائلَ
ونحرثُ الحقولَ
يوماً ما يا جاري...
إنْ عدنا إلى الديارِ!

[35]

هنا في المنافي

البواباتُ الزرقاءُ موصدةٌ

المرايا الزرقاءُ مخفيةٌ

النجوم الزرقاءُ بعيدةٌ

هنا لا مكانَ للأساطيرِ

الشوارعُ تضجُّ بالمهاجرينَ والصعاليكِ

هنـا في المنافي وحدها الذاكرةُ تتدلَّى!

[36]

مَنْ لي بحجلٍ يشـبهُ حجولَ جبلِ شنكالَ
عاشَ فَرَامينَ كثيرةً
يجيدُ لملمةَ ألحانِنا الضائعةِ
ويرتبُ لدبكةٍ أخيرةٍ
لتشاركَنا إيكو الغناءِ
ليسمعَ العالمُ الصدى
وتمتلئَ الذاكرةُ من جديدٍ!

[37]

حزنُنا أليفٌ

في رحيلِنا الأخيرِ

ألتحقَ بنا

عفَّرنا وجوهَنا بهِ

الفتياتُ الجميلاتُ ذهبْنَ سبايا

وصارَ هو

ظلاً للأراملِ!

[38]

نابو أيها البهيّ

لو لم تلدْكَ الكريمةُ صربانيتوم

لو لم تحضنْكَ الجميلةُ ناشـميتيوم

لو لم تكنْ هناكَ أحزانٌ شـتائيّةٌ عميقةٌ

وأعيادٌ ربيعيّةٌ بهيجةٌ

لولا فكْرُكَ النيِّرُ...

لَمّا بدأ وحيُّ الكتابةِ!

[39]

يا ألمي!

يا جرحي!

يا روحي!

أنظروا منَ الشباكِ لآخرِ مرّةٍ

تأمّلوا لمعانَ حبّاتِ الرملِ الذهبيّةِ

ارتشـفوا آخرَ قطراتِ الخمرِ على مهلٍ...

هـذا الصمتُ انتظار ما قبلَ الطوفانِ!

[40]

يا بناتي علّمن فجركُنَّ الدلالَ

أنِرْنَ المكانَ كفتائلٍ مشـتعلةٍ في لالشَ

اخترقْنَ قلوبَهم الغليظةَ بنورِكُنَّ

ولتكنْ نظراتُكُنَّ سلاماً للمسـاءِ المضطربِ

كُنَّ أسماءً على مسمّى

ودعوهم يرونني فيكُنَّ

فهم يخافونَ الشعراءَ!

[41]

لا تتوقَّعْ مني معجزةً تنقذُك
لستُ مسيحَ الفقراءِ
لا تطلبْ مني نصيحةً تفيدُك
لستُ وريثَ أوتنابشتم
ولكنْ بوسعي مشاركتَك حزنَك
أبكي مثلَك عندما ينهمرُ المطرُ
وأحتجُّ

[42]

لنكتبْ أسـمَينا على جذعِ شجرةٍ تينٍ
الرحلـةُ بالونةٌ هاربةٌ من يدِ طفلٍ
وعدتُكِ بحلمٍ جميلٍ كعينيكِ
حلمٍ وديعٍ ككفَّيكِ
كصبرِ الجمراتِ في الموقدِ
كأسطورةٍ تتوقُ لمشاركةٍ إلهِ لتكتملَ
حلمٍ كنظراتٍ تُرمِّمُ عثراتِ حكايةٍ شـنكاليّةٍ حزينةٍ!

[43]

لا بواباتَ للمدينةِ المقدسةِ

لا شـبابيكَ ولا قببَ ولا حدائقَ فيها

لا باراتٍ تملأُ صخبَ لياليها

فقط تراتيلٌ من خوفٍ

وشجنٌ عميقٌ يثقلُ الروح

دموعٌ تنهمرُ على الأرصفةِ

وأراملُ تكابدُ الألمَ في صمتٍ!

[44]

أردتُ الدخولَ إلى بابلَ

بحثتُ عن بوابةِ عشتارَ

فوجدتُ نفسي في برلينَ

يا لؤَمَ هذا اللصِّ

لا يكتفي بسرقةِ الخواتمِ

يا لؤَمَ هذا النصِّ

يُلامسُ الحقيقةَ ولا يُلمَسُ!

[45]

إلهٌ قاسٍ

انتزعَ ضِلَعَه الأعوجَ

فرسمَ به حوّاءَ،

ودوّنَ بالألمِ الأيامَ والآجالَ،

ثم اتهمَ آدمَ بالخيانةِ...

نسينا حلمَ العودةِ،

إذ كان الإلـهُ يمحو ما يكتُبُهُ بيمناهُ!

[46]

في أيامِ الهجرِ استسـلمتُ لنزوةِ التسكعِ

أضعـتُ «البراتَ» التي جلبتُها من لالشَ

أصبحتْ أسئلتي غباراً يتناثرُ

مَنْ سيهتمُّ بي الآن؟

وقد فقدتِ الأرضُ خميرتَها

ولكنْ مَنْ يعلمُ...

ربمّا السرُّ يكمنُ في السموِّ!

[47]

القلائدُ التي على صدرِ شـنكالَ لا تنفرطُ أبداً،

فهي حكاياتٌ محفورةٌ في الزمنِ،

تنتظرُ انهمارَ المطرِ في آذارَ لتغسـلَ جراحَ الأرضِ،

وتنتحبُ بصمتٍ معَ المزاريبِ،

وكأنها تُهدهدُ ألمَ الأيامِ الماضيةِ.

ومعَ أوّلِ أغنيةٍ للربيعِ، تتمايلُ كرقصةِ الحياةِ المتجددةِ،

ويُعلنُ القلبُ المسرةَ،

كمن يجدُ في الأملِ إشـراقةً جديدةً!

[48]

كنخلةٍ بصراويّةٍ

أقفُ إجلالاً وإكباراً كلما ذُكِرَ السيّابُ في مجلسٍ،

أقـفُ من أجلِ قلبِهِ الرقيقِ، الذي نبضَ بوجعِ العراقِ،

ومن أجلِ أسـطورَتِهِ التي لم تكتمِلْ،

فقد رأى يوماً شبحَ عشتارَ يُطلُّ من شبّاكِ وفيقةَ،

وكأنه يكتبُ آخرَ صفحاتِ الشِعرِ،

يحلمُ أن تُعيدَ الحروفُ ما سـرقَتهُ الأيامُ!

[49]

في فرمانِ شنكالَ،
كانتِ الملائكةُ بلا أجنحةٍ،
بلا وجوهٍ،
خائفةً ترتجفُ في الصمتِ،
لـم تتلوثْ أقدامُها بطينِ ما بعدَ الطوفانِ.
في هذا الفرمانِ،
الملائكةُ قلقةٌ كنظرةِ عشـتارَ وهيَ تُودّعُ دموزي!

[50]

بابليونُ،
أيزيديونُ،
يهودٌ،
شعراءُ صعاليكُ، وبعضُ الغجرِ،
يتجمعونَ في الكنيسةِ القريبةِ مـن بيتِنا في ألمانيا،
يحتفلونَ بعيدِ الميلادِ،
يمحـونَ لحظاتِ الفراقِ، ويضيئونَ ظلامَ الحياةِ!

[51]

أنا الشاعرُ

صاحبُ الخرقةِ الخشنةِ،

أيزيديٌّ من الجهةِ الجميلةِ،

أحملُ في قلبي رسالةً

يقولُ فيها كبيرُ الملائكةِ:

لـن تقدروا على هدمِ جدرانِ معبدي بمعاوِلِكم،

فمعبدي لا جدرانَ له!

[52]

لم تعد لديَّ رغبةٌ
في تأمّلِ الجبلِ،
في معاينةِ القوافلِ.
هدموا زقوراتي،
وعبثوا بجنائني.
والآن رمادُ روحي
يغطي رغبتي!

[53]

كتبَ شـنكاليٌّ هاربٌ في لوحِهِ الطينيِّ الأخيرِ:
أسيرُ دونَ هدى،
أتوكأُ على عكازةِ قلقي.
فلقد انسحبتِ الأرضُ، وهربتِ الشمسُ،
وكأنَّ الليلَ لا ينامُ!
الاطمئنانُ هاجرَ قلبي،
وأنا بعيدٌ عن حقلي وبيتي!

[54]

يا أبي، أحنُّ إلى زمانكَ،
زمانكَ الذي كنا فيه لم نُسمِّ السماواتِ بأسمائها بعدْ.
يا أمي، أحنُّ إلى زمانكِ،
زمانكِ الذي كنا فيه لم نُسمِّ الأرضَ بأسمائها بعدْ.
زمنُ الطينِ الأولِ،
زمنُ الكلمةِ الأولى،
زمنُ سِحرِ حضورِ الملاكِ الكبيرِ!

[55]

حيــنَ يمتدُّ الليلُ ولا يذهبُ الأرقُّ،

تُذكرني أشياءٌ كثيرةٌ بالوطنِ البعيدِ:

هذا النهرُ الفضّيُّ القريبُ،

وتلكَ النجمةُ البعيدةُ،

أشعارُ السيّابِ الحزينةُ،

وأغاني السبعيناتِ الشجيّةُ،

وبوّابةُ عشــتارَ التي تستريحُ في برلينَ.

[56]

تقفُ قصيدتي في حضوركِ،
كما يقفُ المزارُ في حضرةِ الفجرِ صامتاً،
كما يقفُ السادنُ داخلَ المزارِ متهيّباً،
كما تتكورُ الفتائلُ في كفِّ السادنِ عشقاً،
هكذا تتأهّبُ قصيدتي لتقولَ لكِ شيئاً،
كما خفقانُ المصباحِ أمامَ رجفةِ النجمةِ،
كما احمرارُ خدِّ النجمةِ خجلاً من حضوركِ!

[57]

الموتُ لا يطاردُنا،
ومعَ ذلكَ تسلّقنا الجبالَ الشاهقةَ،
وقطعنا المفاوزَ العظيمةَ،
ثمَّ أبحرنا بعيداً...
وكلُّ هـذا خوفاً من موتٍ لا يطاردُنا!
الخوفُ والموتُ يسكنانِ فينا،
منـذُ أولِ فرمانٍ علينا في بابلَ!

[**58**]

أينما حللتُ أتوهمُ أني حفظتُ الدرسَ جيداً،
أقبّلُ حجارةَ المكانِ،
أبني معبداً لمردوخ،
أنظمُ أناشيدَ الطاعةِ،
أتخذُ عشيقةً جديدةً.
أصلُ إلى ساحلِ الحقيقةِ،
وقبـلَ أن أنهلَ منها... تُنتزعُ مني الأرضُ!

[59]

الأحلامُ تتفجّرُ كماءِ الينابيعِ،

تنسـابُ وترتفعُ كالغيمِ الصيفيِّ الرقيقِ.

والملائكةُ السبعةُ،

برياتٌ ملوّنةٌ تتراقصُ في المزارِ،

عُقـودُ الأماني على تلكَ البرياتِ هي مفاتيحُنا للجنةِ.

نبلغُها بأحلامِنا،

وتتدفقُ في عيونِ شنكالَ السرمديّةِ!

[60]

هذه فوضاي ترافقني،
وتلكَ شنكالُ تنتظرُني.
أدخلُ المدينةَ،
تشتعلُ الفوضى في أركانِها،
وحدَهُ الليلُ يتساءلُ:
مَن الذي سيرتّبُ الفوضى؟
فوضى قدوم الفجرِ!

[61]

لا يُقلِقُني ادِّعائي بأَنَّني هُناكَ
وأَنا هُنا
يَسُرُّني أَنَّني أُناضِلُ هُنا
لِأُغَيِّرَ مَا هُنَاكَ
وَلَكِنَّ مَا يُؤلِمُني حَقّاً
لَسْتُ هُنَا
وَلَا هُنَاكَ!

[62]

أَيَّتُهَا الْمَدِينَةُ السَّرْمَدِيَّةُ السَّاحِرَةُ
أَعْلَمُ أَسْرَارَكِ
أَعْلَمُ الطُّرُقَ الَّتِي تُؤَدِّي إِلَى بَوَّابَاتِكِ
أَعْلَمُ حِكَايَةَ تِلْكَ الْمَوَاوِيلِ الْمَنْسِيَّةِ
وَقِصَّةَ زَيْتِ الْمِصْبَاحِ الَّذِي يَكَادُ يَنْضُبُ
فِي غُرَفِكِ السِّرِّيَّةِ
أَعْلَمُ سَبَبَ حُزْنِكِ لِلْمَرَّةِ الرَّابِعَةِ وَالسَّبْعِينَ!

[63]

أَنْتَ لَا تَعْرِفُنِي

تَقُولُ الشَّجَرَةُ الْمُقَدَّسَةُ

وَمَنْ ذَا يُرِيدُ التَّعَرُّفَ عَلَى شَجَرَةٍ خَضْرَاءَ

تَحَوَّلَتْ إِلَى حَطَبٍ أَصْفَرَ

ثُمَّ إِلَى فَحْمٍ أَسْوَدَ

وَاحْتَرَقَتْ لَا لِتُدَفِّئَنَا

بَلْ لِتَكُونَ رَمَاداً فِي أَعْيُنِنَا!

[64]

آثَارُ طُقُوسِ احْتِفَالِ الْأَرْبِعَاء

هِيَ بَقَايَا سَوْدَاءُ مِنْ فَتَائِلَ قُطْنِيَّةٍ

غُمِسَتْ بِحُبٍّ فِي زَيْتٍ نَقِيٍّ

وَعَلَى جِدَارِ الْمَزَارِ كَلِمَاتٌ مُضِيئَةٌ

شَعَرْتُ بِقُوَّتِهَا وَرَفَعْتُ عَيْنَيَّ فِي الْعَتْمَةِ

اقْتَرَبْتُ أَكْثَرَ وَأَكْثَرَ

مِنْ حَقِيقَةِ هَذَا النُّورِ!

[65]

عِشْتَارُ يَا مَعْبُودَتِي
أَنْتِ زَهْرَةٌ بَرِّيَّةٌ نَاضِجَةٌ
أَنْتِ فَرَاشَةٌ مَفْتُوحَةُ الْأَكْمَامِ
جَمَالُكِ يُخْرِجُنِي مِنْ وِقَارِي
وَيُرَطِّبُ صَحْرَاءَ رُوحِي
فِي الْعِيدِ الْقَادِمِ،
سَأَكُونُ أَوَّلَ قُرْبَانٍ لَكِ فِي الْمَعْبَدِ!

مِنْ شَبَابِيكِي الضَّاحِكَةِ أَرَى مَا حَوْلَ كُوخِي

زُهُورٌ رَاقِصَةٌ

وَسَنَابِلُ شَعِيرٍ سَكْرَانَةٌ

أَشْهَدُ عَوْدَةَ السُّنُونُو الْأَنِيقِ

وَهُنَاكَ أَثَرٌ لِأَقْدَامِ ثِيرَانٍ قَوِيَّةٍ

لَقَدْ كَانَتْ بَدَايَةً رَائِعَةً فِي قَرْيَةٍ شِنْكَالِيَّةٍ

مَعَ زَوْجَةٍ اخْتَارَتْنِي شَرِيكاً لَهَا!

[67]

طِوَالَ تِلْكَ السَّنَوَاتِ الرَّائِعَة

لَمْ نَرَ نِثَارَ الثَّلْجِ أَبَداً

لَـمْ تَتْرُكْ ثِيرَانُنَا أَثَراً عَلَى الْجَلِيدِ

لَـمْ تَرْتَجِفِ الْعَصَافِيرُ عِنْدَنَا مِنْ بَرْدِ الْفَجْرِ

لَـمْ يَتَنَاوَلْ طِفْلاً لَنَا رَغِيفاً بَارِداً فِي فُطُورِهِ

هُنَاكَ فِي الشَّرْقِ الْجَمِيلِ

لَمْ تُخْذِلْنَا الشَّمْسُ يَوْماً!

[68]

مَهْمَا نَسَجُوا الشَّائِعَاتِ عَنَّا

نَحْنُ لَمْ نَتَبَلْبَلْ فِي بَابِلَ

الضَّجِيجُ وَالصَّخَبُ وَاللَّغَطُ لَيْسَ مِنْ صُنْعِنَا

الْآلِهَةُ كَانَتْ تَسِيرُ فِي شَوَارِعِنَا مُطْمَئِنَّةً

لَمْ نُعْلِنِ الْحَظْرَ عَلَى شَيْءٍ

الْحُجَّاجُ الْأَغْرَابُ هُمْ مَنْ كَانُوا يَتَأْتِئُونَ

وَيَمْتَمُونَ فِي حَضْرَتِنَا

نَعَمْ، هَكَذَا يَجِبُ أَنْ يُقَالَ!

[69]

صَدَى غِنَاءِ الْأُوزِّ الْعِرَاقِيِّ
يَخْتَرِقُ جُدْرَانَ الْكَنَائِسِ
أَطْفَالُ آبٍ وَحْدَهُمْ يَنْصِتُونَ لِلْأَغَانِي
الْأَنْغَامُ تَبْدُو مَأْلُوفَةً
فِي كُلِّ صَبَاحٍ
يَتَجَمَّعُ الْأُوَزُّ الْمُهَاجِرُ فِي الْغَابَةِ الْقَرِيبَة
وَنَظَرَاتُنَا الْحَزِينَةُ تَتَسَمَّرُ عَلَى جِهَةِ الشَّرْقِ!

[70]

الْفَرَامِينُ عَلَيْنَا

تَجَارِبُ مُتَجَدِّدَةٌ لِإِبَادَتِنَا

وَلَكِنَّنَا نُؤَكِّدُ كُلَّ مَرَّةٍ عَلَى:

كُرَوِيَّةِ الْأَرْضِ

خَوَاءِ السَّمَاءِ

حُزْنِ الْأَرَامِلِ

وَقُوَّةِ الشِّعْرِ!

اسْتَبْدَلْتُ تَجَارِبِي بِحِكْمَتِكَ

اسْتَبْدَلْتُ رِمَالِي بِطِينِكَ

اسْتَبْدَلْتُ نَظَرِي بِبَصِيرَتِكَ

اسْتَبْدَلْتُ عَدَمِي بِخُلُودِكَ

اسْتَبْدَلْتُ قَحْطِي بِسَخَائِكَ

اسْتَبْدَلْتُ جُوعِي بِابْتِسَامَتِكَ

فَعَلَّمْتَنِي رَسْمَ الْحُرُوفِ وَبِنَاءَ الْقُرَى!

[72]

هَذِهِ الْمَدِينَةُ لَنْ تَهْرُمَ أَبَداً
سَتَبْقَى بَوَّابَاتُهَا لَامِعَةً وَشَوَارِعُهَا عَرِيضَةً
سَتَبْقَى حَدَائِقُهَا وَاسِعَةً وَحُقُولُهَا خَضْرَاءَ
الدُّخُولُ إِلَيْهَا يُشْبِهُ طَعْمَ خُبْزِ أَوَّلِ تَنُّورٍ سُومَرِيٍّ
تُلْهِمُ الْوَافِدِينَ ابْتِكَارَ أَنْوَاعٍ جَدِيدَةٍ مِنَ الْبِيرَةِ
هَذِهِ الْمَدِينَةُ فَنٌّ لَمْ يَجْرِفِ الطُّوفَانُ مِثْلَهُ
وَشِعْرٌ مَمُوسَقٌ يُضِيفُهُ الرُّسُلُ إِلَى كُتُبِهِمُ الْمُقَدَّسَةِ!

[73]

يَقُولُ مَرْدُوخُ:

لَيْسَ مِنَ الْأَخْلَاقِ سَرِقَةُ بَوَّابَةِ الْآلِهَةِ

حَقا، مَنْ ذَا يُرْغِبُ

أَنْ يُغْضِبَ عَلَيْهِ الْإِلَهُ شَمْشُ،

وَيُوَلِّيَهُ ظَهْرَهُ فِي الظَّهِيرَةِ،

لِيُصْبِحَ نَهَارُهُ رَمَادِيّاً كَئِيباً

وَيَكُونَ لَيْلُهُ طَوِيلاً وَبَارِداً!

عَلِمْتُ مِنْ جَدِّي الْحَكِيمِ

إِنَّ الْآلِهَةَ وَالْأَنْبِيَاءَ لَمْ يَتَّفِقُوا يَوْماً فِي شِــنْكَالَ

فَمَا أَنْ دَخَلَ إِلَيْهَا الْأَنْبِيَاءُ

حَتَّى غَادَرَتْهَا الْآلِهَةُ

وَالْيَوْمَ جَدِّي حَزِينٌ،

يَرْغَبُ فِي الرُّجُوعِ إِلَيْهَا،

فَهُوَ نَفْسُهُ كَانَ إِلَهاً!

[75]

الْآلِهَةُ لَا يَهْتَمُّونَ

وَالْأَنْبِيَاءُ يَكْتَفُونَ بِإِلْقَاءِ الْمَوَاعِظِ

وَحْدَهَا الْحُقُولُ الذَّهَبِيَّةُ تَتَسَاءَلُ:

لِمَنْ هَذِهِ الْقُبُورُ الْجَمَاعِيَّةُ؟

عِنْدَهَا نُحِسُّ بِحَيَاتِنَا الضَّائِعَةِ وَنَتَسَاءَلُ:

كَيْفَ هَدَرْنَاهَا؟

وَأَيْنَ دَفَنَّاهَا؟

الْمَوْتُ رِحْلَةٌ مُتْمَتِّعَةٌ وَلَا نِهَائِيَّةٌ مِنَ الْبَهْجَة

الْمَدْفُونُ تُعَانِقُهُ الشَّمْسُ مِنْ فَتَحَاتِ قَبْرِهِ صَبَاحاً

وَيُسَامِرُ الْقَمَرَ وَالنُّجُومَ لَيْلاً

الْغَرِيقُ يَتَمَايَلُ مَعَ شَقَائِقِ الْبَحْرِ السَّوْدَاء

فَقَطْ نَحْنُ الْأَحْيَاءُ نَبْحَثُ عَنْ وَطَنٍ لِنَدْفِنَ فِيهِ أَشْوَاقَنَا

فِي مَقَابِرَ جَمَاعِيَّةٍ

وَفِي كُلِّ لَحْظَةٍ، تَتَسَاءَلُ الرُّوحُ:

هَلْ كَانَتْ هَذِهِ الْحَيَاةُ مُجَرَّدَ عَبُورٍ؟

أَمْ أَنَّ الْمَوْتَ هُوَ الْبَدَايَةُ الْحَقِيقِيَّةُ؟

[77]

مَا تَزَالُ الْأَرْضُ تَدُورُ عَلَى مَحْوَرِهَا،

وَالْحَضَارَةُ تَغْلِي كَمِرْجَلٍ

لَكِنَّ وَجْهِي يَتَوَهَّجُ خَجَلاً مِنْ كَتْمِ هَذَا السِّرِّ

أَعْرِفُ مَنْ دَمَّرَ سَعَادَةَ أَنْكِيدُو،

أَعْرِفُ لِمَاذَا قَلْبُهُ تَأَلَّمَ

إِنَّهَا أُرُورُو الَّتِي غَارَتْ مِنْ شَامَاتَ،

وَلَيْسَ صَدِيقُهُ كِلْكَامِشُ كَمَا قِيلَ!

[78]

في بدايةِ أعيادِ الرَّبيع،
يَخرجُ قوسُ قزحٍ من مَخبئِهِ،
أتأمَّلُ الأزرقَ فيه،
الأزرقُ سيِّدُ الألوان،
تَبانُ خلالَهُ شنكالُ المسحورة،
ولكنْ حَذارِ من التأمُّلِ العَميق،
فصَرَخاتُ الذَّاكرةِ تَغوصُ سريعاً!

[79]

عندَ دُعاءِ الشُّروق،
أدعو الشَّـمسَ أن تُطهِّرَني من الكَراهِية
وبعدَ دُعاءِ الغُروبِ تَرتَجِفُ أعضائي،
تَتَولَّدُ فيَّ رَغبةٌ بالحُصولِ على الدِّفءِ
ودُخولِ الحاناتِ القَديمة
الرَّغبـةُ تُوَلِّدُ فيَّ الكَراهِيةَ من جديدٍ،
ولا دَواءَ للكَراهِيةِ سوى الدُّعاءِ،
الدُّعاءُ قُبالةَ شَمسِ الحقيقةِ!

[80]

قالَ الإسكندرُ الكبيرُ يوماً:
«مَنْ لم يَرَ بابلَ لم يَرَ شـيئاً في حياتِهِ!»
فما بالُكَ يا إسكندرُ،
بِشاعرٍ عاشَ حياتَهُ شنكالياً،
يَنقُشُ شبابيكَ القمرِ،
ويُزيّنُ بوّاباتِ الشمسِ،
ويُقدّمُ القَصائدَ نُذوراً!

[81]

المطرُ أُغنيةٌ حزينةٌ،
تَغسِلُ الذّاكرةَ وتَفتَحُ الشّبابيكَ،
وتَدخلُ رائحتُكِ معها
أنتِ وَطَني يا حبيبتي،
رَوعةٌ حُضنكِ قياسُها على قَدرِ غُربةِ لَيالينا
جَرّبنا كلَّ شيءٍ معاً، أنتِ وأنا،
وهـا نحنُ نَبني كُوخَنا الحَميمَ من جديدٍ!

[82]

عندما أدخلُ مكتبتِي،

يكونُ لي خيالُ إلهٍ،

وفِعلُ شاعرٍ،

وشطَحاتُ مجنونٍ

أرمي نردي لأخدعَ النهارَ،

فيختبئُ في داخلي الرقمُ سبعةُ،

هذا الرقمُ السَّاحرُ الذي يخدعُنا جميعاً!

[83]

(إيّا)، أيُّها الحكيمُ،

يا جَدِّي الحبيبُ،

أعلَمُ سببَ حَزِّ رقابِنا،

لأنَّكَ أنجَبتَ مردوخَ الجميلَ

أمَا آنَ لَكَ وأنتَ في العلالي

أن تَجدَ لأحفادِكَ الأيزيديينَ حَلًّا،

أن تَنجِبَ مردوخاً ثانياً!

[84]

السَّفينةُ التي تتأهَّبُ للإبحارِ،

واقِفةٌ في مِيناءِ البَصرةِ

والسِّندبادُ القادمُ من شنكال،

لا بُـدَّ أن يَمرَّ ببَغدادَ أولاً للتَّبرُّكِ

اسمعْ يا وَلَدي،

تِلكَ حكاياتُ ليالي الشِّتاءِ الطَّويلةِ

السِّــندبادُ المِسكينُ غَرِقَ في أولِ رِحلةٍ!

[85]

التيتانَ ليسوا في الجوارِ،
وأسـاطيرُ جبلِ أولمبَ لم تتطرّقْ إلى ذلك
فكيفَ لِخائنٍ وضيعٍ من الشرقِ
أنْ يتسابقَ معَ ضوءِ الشَّمسِ،
يَدخلُ من الشِّباكِ خلسةً،
ويبدأُ الغناءَ بنايٍ بلا ثقوبٍ؟
كيفَ لِخائنٍ أنْ يسـتبدلَ زيتَ الفَتائلِ النَّقيَّ
بالدَّمِ المُلوَّثِ؟

[86]

أخيراً،

ولإضافةِ المزيدِ من الدراما الرَّخيصةِ

على حياةِ أيتامِ لالش،

قالَ الممثلُ الأمريكيُّ المشهورُ:

«المسيحُ كانَ يتيماً»

وأنتَ، أيُّها السَّيدُ الممثلُ،

ألستَ مُهاجراً ويتيماً مثلَنا؟

[87]

حُضورُكِ في ذِهني،

وكأنَّكِ تَحمِلينَ صَليبي،

وتَتساقطُ مِن جُيوبِكِ بِتَلاتُ وَرودي

وَلَكِنْ، في الحُلمِ أنتِ لَصَّةٌ،

أتبَعُ حُلمي مِن رَبيعٍ عَرَبيٍّ مَسروقٍ،

على جَوادٍ عَرَبيٍّ مَكسورِ السَّاقِ،

وأسـرنِمُ في اللَّيالي العَرَبيةِ التي غابَت عنها شهرزادُ!

[88]

طوالَ تلكَ المُغامرةِ الرائعةِ لنا،
كُنّا مُتوَهِّمين
الرَّحيـلُ إلى ألمانيا لم يَكنْ حُلماً،
إنَّما مُغامرةٌ تُشـبهُ العُثورَ على خاتمٍ مَسحورٍ
والناجيةُ تحتفلُ بإيلاجٍ بنَصرِها فيه.
لا مَزيـدَ من حَفلاتِ العُرسِ في الوَطنِ،
فقدْ تَفوَّقَ الاغتِصابُ على نَفسِـهِ في هذا الفِلمِ!

[89]

اختمـرتْ فكرةُ الاجتماعِ ثانيةً في عقولِ حُكماءِ بابلَ،

الكاهنُ الأعظمُ يتساءلُ:

هل الاجتماعُ في شنكالَ؟

أم في بابلَ؟

هل الاجتماعُ في معبدٍ أيزيديٍّ؟

أم في مزارِ شرفدينَ؟

الاجتماعُ هنا على هذهِ الورقةِ

وفي هذهِ القصيدةِ أيُّها السادة!

[90]

مُحاطٌ ببياضِ خيامِ النازحين،

الخيامُ تُشبهُ أجنحةَ الملائكةِ،

لا فرقَ بينَ الخيمةِ وبينَ الملاكِ

الدَّهشـةُ تكمنُ في صورِ التَّساقطِ والطَّيرانِ،

كلَّ يومٍ يَسـقُطُ ملاكٌ وتَطيرُ خيمةٌ

في كلا الحالينِ يُذبَحُ الوطنُ من الشِّريانِ إلى الشِّريانِ،

ونَمشِي في جِنازتِهِ حُفاةً!

[91]

الثُّعبانُ الأسودُ المُقدَّسُ،
هذا الحارسُ الأمينُ لكوخي،
سَئِمَ من نوباتِ الحِراسةِ
زَحَفَ بهدوءٍ إلى سَريرِي وقال:
هل يَحقُّ لي اسـتعادةُ أنيابِي المَسروقةِ؟
اطمئنْ يا صديقي الحارس،
هذا ما نفعَلُهُ، دائماً نَبحثُ عن مَسـروقاتِنا ولا نجدها!

[92]

يا مُلوكَ الزَّمان،

لِماذا سـرقتُم مِن مَقابِرنا نُذورَ الموتى؟

ومِـن بُيوتنا الطِّينيةِ بخورَ الصَّائمين؟

ومِن مدرسَتِي الابتدائيةِ لَمعةَ عُيونِ التلاميذ؟

لِماذا لا تَفُكّونَ طلاسمَ الأُحجية؟

أما آنَ لكُم سنُّ قانونٍ جديدٍ،

يَسمحُ بطوافِ السَّناجقِ الذَّهبيَّةِ

في الثالثِ مِن كُلِّ آب؟

[93]

أذهـبُ إلى منامي مُتعباً فأجدكِ فيه،
أذهبُ إلى النهرِ فجراً لأغتسل،
فأرى جدائلَكِ تتراقصُ في الماءِ.
أذهبُ إلى المعبدِ للدعاءِ،
فإذا بكِ حيَّةٌ سوداءُ على بابِهِ
قولي لي، يا معبودتي عشتارُ،
متى ستعتقينني؟

[94]

هارباً من الحوتِ،
القمرُ يَدخلُ عَينيكِ الواسِعتين،
تُغمضيـنَ عليهِ عَينيكِ، فَيَبلّلُهُ طوفانُ دُموعِكِ
القمرُ يَقفِزُ إلى البَحرِ،
الحوتُ يَبلَعُ القَمرَ،
ولكنْ رنّةٌ خَلخالِكِ تُنذرُهُ،
ويَخرُجُ الإلهُ (سـينُ) سالماً من بَحرِ عَينيكِ!

[95]

مِن خلالِ شَبابيكِ المَعبدِ،

يَتَحدثُ الكاهنُ مَعَ الإلهِ

ومِن شَبابيكِ القَصرِ،

يُخاطبُ الملكُ الشَّعبَ

وعندما نَفتحُ شَبابيكَ بُيوتِنا،

نَرَى ونَسمَعُ كُلَّ شيءٍ

هذه هي قِصَّةُ الشَّبابيكِ الفيروزيَّةِ الواسِعةِ!

[96]

حينَ أشـتاقُ للتسكُّعِ في شوارعِ شنكال،

للحديثِ مع ناسِها،

للصلاةِ في قِبَبِها،

وللسُّكرِ في حاناتِها،

أفتحُ كَبِدَ الفَرمانِ،

أمتطي أسـطورةَ (خيري الشيخ خدرَ) المُدهِشة،

وأغمضُ عينيَّ!

[97]

أصابعُكِ فَتائِلي،
كَفُّكِ حَقلي،
أنفُكِ مِبخرتي،
جبينُكِ قَمري،
شَعرُكِ لَيلي،
حِكمتُكِ قَصائدي،
أنتِ خاتونتي!

[98]

شَبابيكُنا المَفتوحةُ على مِصراعَيها،
لم تكنْ دُروباً للشَّمسِ يوماً
شَبابيكُنا تُشيرُ إلى الكارِثةِ،
تِلكَ التي قَدِمَتْ مِنَ الغربِ
شَبابيكُنا الغَربيَّةُ،
تُشخِّصُ جِهةَ الشَّرِّ،
لِذا، وَجَبَ عَلَينا أن نُعلِّقَ عليها مَراثِينا!

[99]

شـباكي الوحيد ينفتح على غيمةِ صمتٍ،

يتسـرّبُ منهُ ضوءٌ خافتٌ كجمراتِ العشقِ الأولى،

في الخارجِ ثورٌ مكسـورٌ يجرّ حَلمه،

وفـي الداخلِ قصائدُ مهاجرة تبحث عن صوتها

الوطنُ يمتدُّ كحلم،

وفي مهبِّ الريحِ، تتطايرُ حكاياتُ السـناجقِ الذهبية

عندها فقط أدركُ، أنّ نافذتي ليسـت إلا مرآةً لذاكرتي!

[100]

لا يَهمُّني مَنْ تَكونُ ولا يَهمُّني هذا المكانُ،
ومهما كانَ الأمرُ سيئاً،
مع بُزوغِ فَجرِ الأربعاءِ الجديدِ، سَأتطلَّعُ للأُفُقِ مِن شُبّاكي
سَأتخيَّلُ مَزارِعَ حِنطَةٍ وشَعيرٍ واسِعةٍ،
ودُروباً بَيضاءَ داستها ثِيرانٌ قَويَّةٌ
سَأكونُ بِصحبةِ حَناجِرَ تَصدَحُ بِأغاني الحَصادِ،
وسَأدخلُ شنكالَ مِن بوَّابةِ عشتارَ اللازُورديةِ!

* * *

KHAYAT

Publishing

Washington, DC
United States

www.khayatbooks.com